KB053254

초원을 달리는 수피아

글 곽영미

제주도에서 태어나 유치원 교사로 일하며, 성균관대학교 박사 과정에서 아동 문학 · 미디어 교육을 공부하고 있습니다. 2007년 한국안데르센문학상 동화 부문 가작을 수상했으며, 2012년 경남신문 신춘문예 동화 부문에 당선되었습니다. 지은 책으로 《옥수수 할아버지》, 《어마어마한 여덟 살의 비밀》, 《고래를 찾는 자전거》, 《흙돼지 할아버지네 집》, 《두 섬 이야기》, 《내가 엄마 해야지》 등이 있습니다.

그림 율마

대구에서 태어나 홍익대학교에서 영상영화학을 전공했습니다. 학교를 졸업하며, 흐르는 물이라는 뜻을 담아 '율마'라는 이름을 지었습니다. 미술학도에서 영화학도로, 그리고 지금은 그림책 작가로 끊임없이 여행 중입니다.

초원을 달리는 수피아

발행일 2014년 12월 8일

글 곽영미 그림 율마
아트디렉터 곽영미
펴낸이 김경미
편집 강준선
디자인 이들잎
펴낸곳 숨쉬는책공장
종이 영은페이퍼(주)
인쇄&제본 ㈜상지사P&B

등록번호 제2014-000031호
주소 서울시 마포구 잔다리로 61 402호, 121-894
전화 070-8833-3170 팩스 02-3144-3109
전자우편 sumbook2014@gmail.com

ISBN 979-11-952560-6-8 04800

잘못된 책은 구입한 서점에서 바꿔 드립니다.

이 도서의 국립중앙도서관 출판시도서목록(CIP)은 서지정보유통지원시스템 홈페이지(http://seoji.nl.go.kr)와
국가자료공동목록시스템(http://www.nl.go.kr/kolisnet)에서 이용하실 수 있습니다.(CIP제어번호: CIP2014033750)

숨쉬는책공장 너른아이 시리즈는 가려져 잘 보이지 않는 세상 이야기를 구석구석 들춰 살펴봄으로써,
아이들이 스스로 넓은 시각을 가질 수 있도록 돕는 그림책 시리즈입니다.

초원을 달리는

글 곽영미 * 그림 율마

숨쉬는 책공장

태양은 이미 초원을 뜨겁게 달구기 시작했어.

내 이름은 수피아,

여덟 살이고 케냐에 살아.

나는 매일 아침 꼬박 한 시간을 달려 학교에 가.

학교는 언제나 즐거워!

학교가 끝나면 곧바로 집으로 돌아와야 해.
케냐의 여자들은 할 일이 많아.
어린 여자아이들도.
우리는 집안일을 거들고, 가족을 돌봐.

아빠는 나무 아래에 축 늘어져 있어.
삐쩍 마른 옥수수처럼 말이야.
비만 내렸더라면 옥수수가 그렇게 말라 죽진 않았을 거야.
그럼 아빠도 우리 가족을 위해 무언가를 했을 텐데.

오늘은 케냐의 수도인 나이로비에 대해 배웠어.
나이로비에는 큰 건물이 많대.
달리는 자동차도 많고.

"나이로비에 가고 싶어요. 좀 더 크면 갈 수 있을까요?"

"쓸데없는 소리!"

아빠가 화를 냈어.
난 풀이 죽어 밖을 내다보았어.
달빛에 푸른 바나나가 노랗게 빛나.

"난 달리고 있어. 바람이 되어 나이로비를 휘감고 있어."

아미아 언니는 이제 진짜 여자가 될 거야.

곧 할례 기간이 돌아오니까.

엄마, 아빠가 돈을 꾸준히 모아서
언니는 할례를 받게 되었어.

언니는 하나도 무섭지 않다고 했어.
하지만 까만 눈썹이 파르르 떨렸지.

할레는 진짜 여자가 되는 거야.
케냐 여자들은 모두 할례를 받아.
그건 아주 오래된 전통이니까.

아무도 얘기해 주지 않았지만
우리는 그것이 두 다리 아래에서
일어나는 일이라는 걸 알아.
그리고 두렵고 아프다는 것도.

할레가 끝나면
언니는 좋아하는 남자와 결혼할 수 있어.
또 엄마처럼 곡식 저장고에
마음대로 드나들 수 있지.

엄마 목소리에 잠이 깼어.
언니가 조용히 일어나 엄마를 뒤따랐어.
안 된다는 걸 알고 있었지만
난 언니 뒤를 좇아갔어.

심장이 쿵쿵거려.

엄마와 언니는 숲을 가로질렀어.

어둠 속을 뚫고 언니의 비명이 울렸어.

난 꿈쩍할 수 없었어.

언니의 비명은 점점 커졌어.
그리고 계속됐지.

언니는 마치 심장을 도려내는 짐승처럼 울부짖었어.

난 언니의 그런 울음소리를 한번도 들어 본 적이 없어.

아미아 언니는 큰 소리로 울지 않아.

언니는 강한 케냐의 여자니까.

난 도망쳤어.
어둠 속을 달리고 또 달렸어.
언니의 비명이 내 발목을 움켜쥔 악령처럼 계속 뒤쫓아 와.
난 죽을힘을 다해 달렸어.

언니에게 무슨 일이 일어난 걸까?

무엇이 언니를 저리 아프게 하는 걸까?

진짜 여자가 되는 일은 아프고 힘든 걸까?

그렇다면 난 진짜 여자가 되고 싶지 않아.

숨을 쉴 수가 없어.

죽을 것만 같아.

눈물이 뺨을 타고 흘러.

뜨거운 햇볕이 날름거리며 내 몸을 바짝 태웠어.

엄마가 내 어깨를 움켜쥐며 물었어.
밤새 날 기다린 게 분명해.

"어딜 다녀온 게야?"

"언니는?"

엄마는 괜찮다고 고개를 끄덕였어.
난 울음을 터트리며 엄마 품속으로 뛰어들었어.

"괜찮아, 수피아. 모두 다 괜찮아."

언니는 한 달 뒤 집으로 돌아왔어.

그날 밤 무슨 일이 일어났는지 궁금했지만 물어볼 수 없어.

케냐 여자들은 자신이 받은 할례 이야기를
절대 입 밖으로 꺼내선 안 되니까.

언니는 매일 밤 자면서 아파했어.
끙끙 앓는 소리를 내지 않으려고 이불을 깨물기도 했어.

난 언니가 죽을까 봐 두려웠어.

내일은 언니의 결혼식이야.
하지만 언니는 울기만 해.
좋아하는 남자와 결혼할 수 없게 되었기 때문이야.
아빠가 다른 남자에게서 염소와 설탕을 받아 버렸거든.

언니가 너무 불쌍해.

진짜 여자가 되는 건 슬픈 일일까?

난 언니처럼 불행한 여자가 되고 싶지 않아.

난 달라질 거야.

어떤 어려움이 있더라도 일어나 달릴 거야.

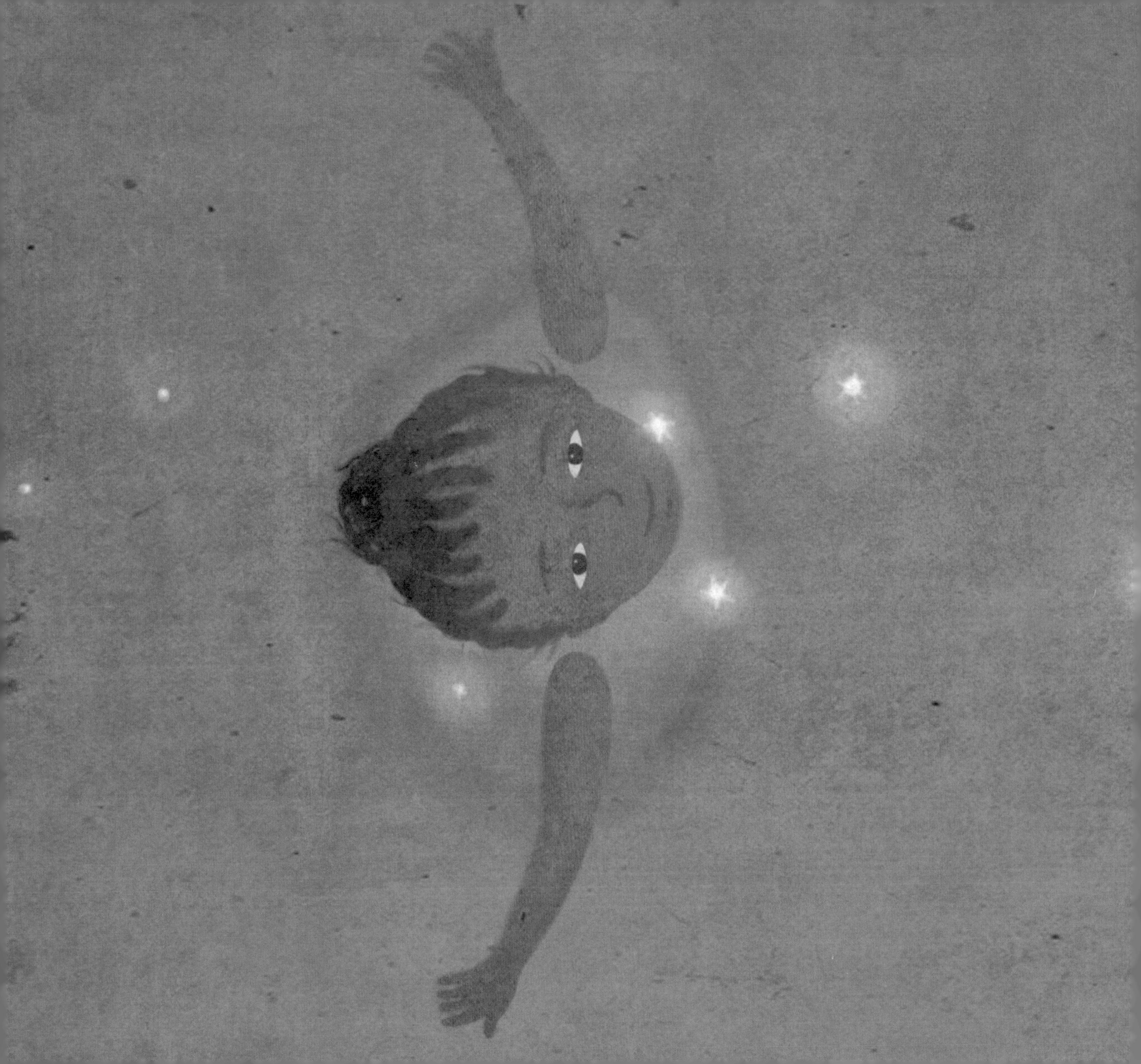

난 엄마, 아빠를 사랑해.

케냐를 사랑해.

그리고 여자인 나를 사랑해.

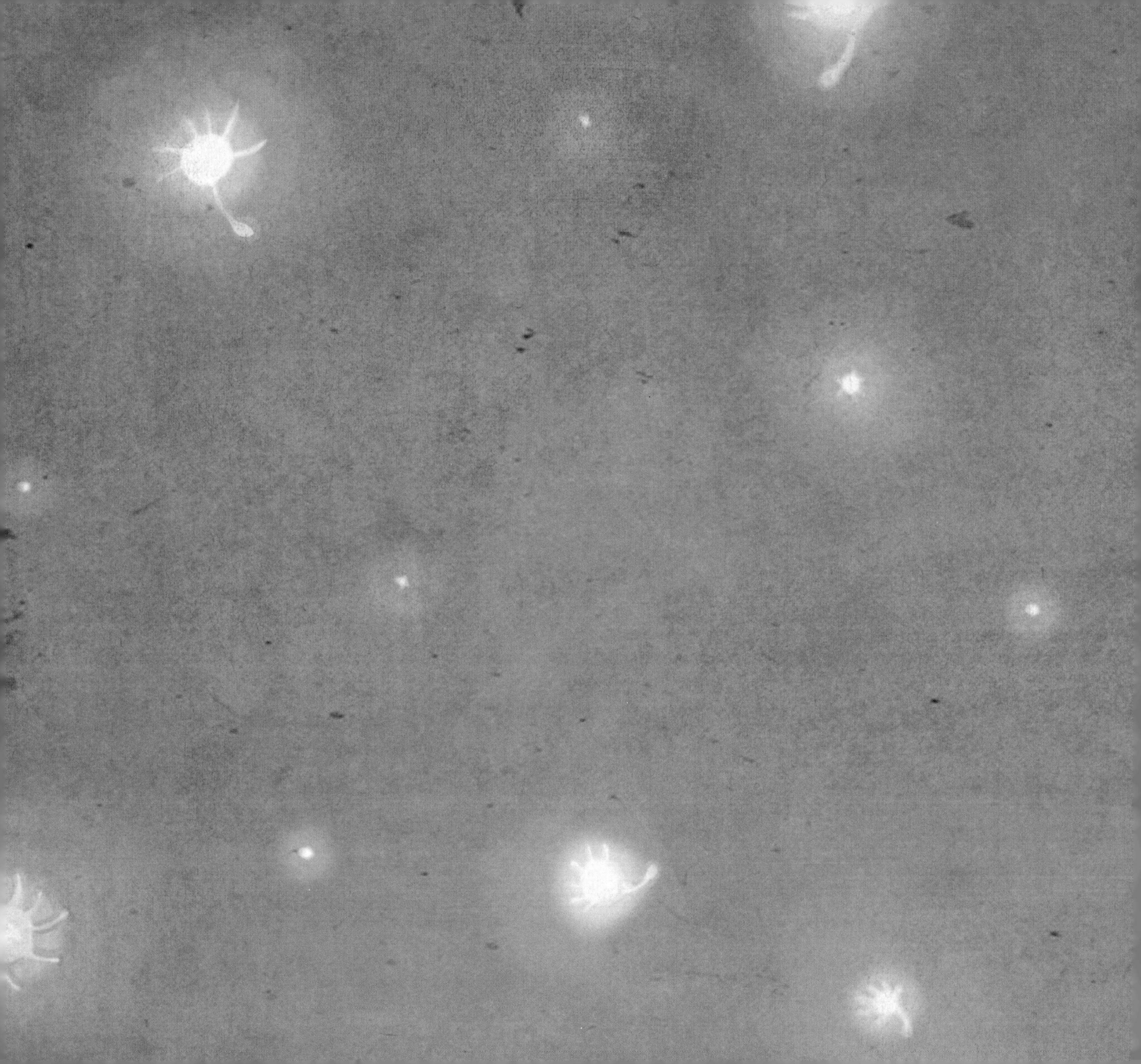

걱정하지 마.
다 잘 될 거야!

여성 할례를 알아보자!

'할례'란 무엇인가요?

할례는 아프리카와 중동 여러 나라의 전통적인 성인식으로, 성인으로서의 책임과 의무를 일깨워 주는 의식이에요.
할례는 소중한 우리 몸의 일부를 잘라 내는 것으로, 남녀 모두가 거치는 성인식이랍니다. 남성 할례는 아주 고통스러운 것으로 알려져 있지만, 여성 할례는 그보다 훨씬 잔인하고 폭력적이에요. '죽음의 의식'이라고 불릴 정도로요.

'여성 할례'는 어떻게 생겨났을까요?

여성 할례가 어떻게 시작되었는지는 아무도 정확히 알지 못해요. 수천 년 전 이집트에서 남편이 부인을 감시하기 위해 시작되었다고도 해요. 하지만 누구도 기원과 이유를 정확히 몰라요. 단지 오랫동안 전해져 왔다는 이유로 전 세계에서 1억 4천 명 이상의 여성이 할례를 받았고, 지금도 계속되고 있답니다.

왜 고통스러운 '여성 할례'를 계속할까요?

'전통'이라는 이름 아래 지금까지 계속되고 있어요. 어린 소녀들은 할례가 자신의 몸에 어떤 영향을 미치는지 잘 알지 못해요. 단순히 할머니와 엄마가 했으니까 자신도 해야 한다고 생각하지요. 또한 남성은 할례를 하지 않은 여성과는 결혼하지 않으려 해요. 게다가 할례를 받지 않은 여성은 가족과 친구들로부터 따돌림을 당하기도 하지요. 이런 이유 때문에 여성 할례가 계속 이뤄지고 있어요.

'여성 할례'는 어떻게 진행되나요?

할례는 주로 겨울에 각 마을에서 같은 또래의 소녀들을 모아 진행되어요. 이날은 소녀들이 여성으로 거듭나는 날인 만큼 온 동네 사람들이 모여 온종일 잔치를 벌여요. 춤도 추고 맛난 음식도 잔뜩 먹지요.
그날 밤, 신이 난 마을 사람들과 달리 소녀들은 좁은 움막으로 들어가요. 할례는 주로 마을의 조그만 움막에서 이뤄져요. 그곳에서 의학적 지식이 없는 할머니가 소독 장치나 수술 장비 없이 수술을 해요. 물론 마취도 하지 않지요. 그렇기 때문에 전염병을 비롯한 질병 감염 위험이 크답니다. 실제로 적지 않은 소녀들이 할례 이후 다리가 마비되거나, 의식을 잃기도 해요. 또 임신을 못 하게 되거나 감염과 같은 후유증으로 죽기도 한답니다.

'여성 할례'가 끝나면 어떻게 되나요?

할례가 끝나면 소녀들은 전통 의상을 입고, 가족과 떨어진 채로 한 달 동안 움막에서 지내요. 그곳에서 마을 어른들로부터 좋은 아내, 엄마가 되는 방법을 배워요. 물론 남성과는 절대 말할 수 없답니다.

교육도 받을 수 없다고요?

신체적 문제 말고도 할례는 소녀들의 교육 기회를 빼앗아요. 일부 부족은 학교를 어릴 때만 다니는 곳이라고 생각해요. 그래서 성인식인 할례를 받은 소녀들은 학교로 돌아갈 수 없어요. 일곱 살에 할례를 받으면 더는 학교에서 교육을 받거나 친구들과 뛰놀 수 없답니다. 이렇게 교육을 제대로 받지 못하는 소녀들은 일찍 결혼해 자신이 하고 싶은 일을 할 기회마저도 빼앗기지요.

여성 할례를 실시하고 있는 나라를 알아보자!

여성 할례는 중동과 아프리카의 약 30개 나라에서 이뤄지고 있으며 이집트, 수단, 소말리아에서는 전체 여성의 80% 이상이 할례를 받아요. 매년 할례를 받는 여성들의 수는 300만 명 정도에 이르고, 하루에도 약 6천 명의 여자아이들이 할례를 받는 고통을 겪고 있어요.

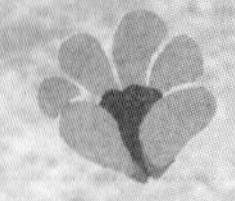

여성 할례 금지 운동에 대해 알아보자!

이집트에서는 1979년부터 여성 할례 금지 운동이 일어났어요. 1996년에는 여성 할례를 법적으로 금지했고요. 하지만 이집트는 아직도 여성 할례가 가장 많이 일어나는 나라 중 하나랍니다.

케냐는 2011년에 여성 할례를 불법으로 규정했어요. 그리고 할례를 받는 사람과 시술을 하는 사람 모두에게 징역형을 내리거나 벌금을 매기고 있어요. 그래도 여전히 할례가 진행되고 있지요. 가나, 코트디부아르, 세네갈에서도 여성 할례를 금지하고 있어요. 아프리카 나라뿐만 아니라 호주에서도 여성 할례 위험에 놓인 사람들을 보호하기 위한 법적 근거를 이민법에 마련했답니다.

또한 여러 유명인과 유니세프, 이글담과 같은 단체도 여성 할례에 반대하고 있어요.

*** 정보 글은 실제 케냐에서 '여성 할례'를 취재하고, 인터뷰했던 남영은 학생과 함께 작업했습니다.**

여성 할례를 실시하고 있는 나라

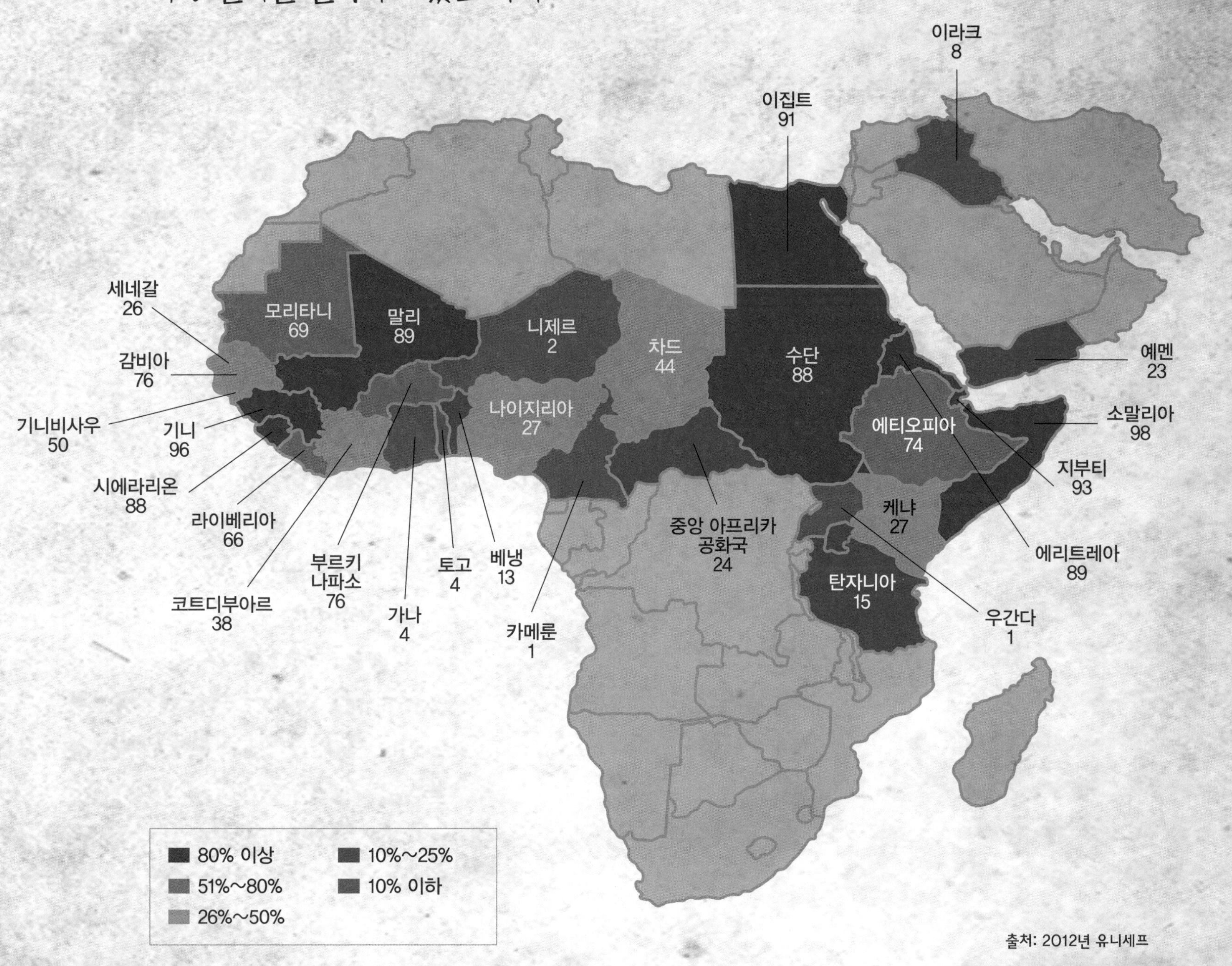